Heyde · Flutzeiten – Zeitfluten

Dietrich Heyde

Flutzeiten
Zeitfluten

Ein Halligtagebuch zur Noahgeschichte

Breklumer Verlag

Gesamtherstellung: Breklumer Druckerei Manfred Siegel KG
Printed in Germany
ISBN 3-7793-1125-9

Inhalt

Den Nachkommen Noahs

Wie ist das klein, womit wir ringen,
Was mit uns ringt, wie ist das groß;
Ließen wir, ähnlicher den Dingen,
Uns so vom großen Sturm bezwingen, –
Wir würden weit und namenlos. (R.M.Rilke)

Wasserwüste

Der Ort, an dem ich lebe, ist eine Wasserwüste. Es ist, als wollte die Schöpfung zu ihrem Anfang zurückkehren, wenn im Winter und in Ausnahmefällen auch im Sommer das Meer an den Warften emporsteigt und Wasser und Himmel, soweit das Auge reicht, miteinander verbunden sind. Alles wird in dieser Halligwelt zum Gleichnis, weist über sich hinaus und bereitet mich auf etwas vor, das kommen soll und doch schon dagewesen ist.

Mein Tagebuch ist von Beginn des Jahres eine Art Sturmflut-Tagebuch. Blieben wir Weihnachten noch vom »blanken Hans« verschont, so hat der Januar die Hallig in eine beachtliche Wasserwüste verwandelt:

Sonntag, 1. Januar. Um Mitternacht reißt der Mond die Wolken auf, und für Augenblicke werden unter einem hell dahinrasenden Himmel die Umrisse von neun Warften sichtbar. Der Ton der Glocke, die das neue Jahr einläutet, wird von Sturmböen in vielstimmiges Geheul aufgelöst, um dann im Schoß der Nacht zu verhallen. Die vier mächtigen, vor Jahrzehnten hier gestrandeten Eichenpfähle des friesischen Glockenturms beben und ächzen, und mir ist, als würde ich davon etwas körperlich spüren. In kürzester Zeit sind Fennen und Priele, Brücken und Straßen unter einer wellenbewegten Wasserdecke verschwunden. Fast spielend leicht ist die Hallig eine Beute des Meeres geworden. Nur die Warften schauen wie eigenwillig geformte Archen aus dem Wasser. Ein grauer Neujahrstag mit aufgeschreckten Seevögeln, die den Fluten weichen und auf Warften Zuflucht suchen. Der Gottesdienst zum Jahresbeginn muß ausfallen, und die Silvestergäste, die nachmittags ihre Abfahrt geplant haben, müssen bleiben, da die Fähre ihren Betrieb eingestellt hat.

Dienstag, 3. Januar. Gestern war schon soviel Wasser abgelaufen, daß die Gäste mit der Fähre abreisen konnten. Heute morgen, die Wiesen sind inzwischen wasserfrei, und ein weiterer

Hallig Hoog
Kirchwarft bei Landunt

Schwung Besucher hat die Hallig verlassen, erneut die Voraussage einer schweren Sturmflut für die gesamte Nordseeküste. 3,5 Meter über dem mittleren Hochwasser werden gemeldet. Die Winde nehmen spürbar zu und erreichen in Böen Stärke 11. Gegen Mittag in Wathosen zur Schleuse. Schwere Brecher überspülen den kleinen zur Befestigung der Halligkante dienenden 1,5 Meter hohen Sommerdeich und gleichen weißen Zungen von Schaum, mit denen das ungestüme Meer begehrlich und unge-

duldig nach der Halligerde leckt, als wäre sie nur eine lästige Störung inmitten der Wasser, die es zu beseitigen gälte. Bei Sonne habe ich mich aufgemacht. Als ich sie hinter einem rasch heranrückenden schwarzen Wolkenungetüm verschwinden sehe, kehre ich mit Hagelschauern und Sturmböen im Rücken und dem Salzgeschmack des Meeres auf meinen Lippen zur Warft zurück. Zum Zeitpunkt des Hochwassers wird die Hallig von Osten her erneut überspült. Mit ihr versinken auch die Schritte meines

gestrigen Tages unter den Meeresspiegel. Noch steigen die Wasser. Das Licht des Tages nimmt ab. Als Hagelschauer an meine erwartungsvollen Fenster schlagen, bedecken Fetzen von Finsternis die Warften.

Mittwoch, 4. Januar. Für das Nachthochwasser wird erneut Sturmflutwarnung gegeben. Über meinen Schreibtisch hin höre ich weiter die Winde groß aufspielen, und schwarze Vögel suchen Nachtherberge im blattlosen Hollunder vor meinem Fenster. Das Gebälk des Dachstuhls, in das lärmend der Wind gefahren ist, antwortet mit einem ausdauernden Ächzen und Knacken. Um 23 Uhr gehe ich mit einer Taschenlampe um Kirche und Pastorat. Das Meer steigt wieder. Eine Ratte, vom grellen Licht der Lampe aufgeschreckt, flieht in höher gelegene Warftregionen. Kurz nach Mitternacht lege ich mich schlafen, stelle aber vorsichtshalber den Wecker auf 3 Uhr früh, um dann noch einmal nach der Wasserhöhe zu sehen. Als ich wieder nach draußen trete, liegt schaumhelles Mondlicht auf den Wellen. Die Warften werfen lange Schatten unter einem wolkenzerfetzten Himmel, und in den Häusern brennt noch vereinzelt Licht. Der Höhepunkt ist überschritten, langsam nimmt sich das Meer zurück. Und der Leuchtturm von Wittdün wirft in gleichen Abständen sein Licht in die stürmische Nacht – Licht auch noch über den höchsten Wogen.

Die Wasserwüste hat etwas Herausforderndes. Seit ich auf der Hallig lebe, bin ich genötigt, über diesen Ort nachzudenken, der in so besonderem Maße mit der Natur verbunden und den Elementen Wasser und Wind ausgeliefert ist. Diese Landschaft ist nicht stumm. Sie hat eine eigene Sprache. Und es kommt darauf an, sie zum Klingen zu bringen, ja, sie sichtbar zu machen, soviel man von ihr erfaßt hat, mehr noch: soviel sie uns erfaßt hat.

er Hooger Sommerdeich
ird überflutet

In einer Wasserwüste leben, heißt bereit sein, sich unterbrechen zu lassen. Das wird auf der Hallig sehr wörtlich erfahren. Jedes Landunter ist eine Art Unterbrechung des Alltags. Wir sind genötigt, das, woran wir gerade arbeiten, aus den Händen zu legen, um uns nach Mitteilung der Sturmflutwarnung der Warftsicherung zuzuwenden. Wer unterwegs ist, kehrt nicht selten im Eiltempo auf seine Warft zurück. Die älteren, nach der Februarflut 1962 nicht sanierten und darum tiefer gelegenen Häuser nötigen ihre Bewohner, einen Großteil der Möbel unverzüglich auf den Dachboden zu schaffen. In unserer zweiklassigen Grund- und Hauptschule mit 18 Kindern unterbrechen Lehrer und Schüler den Unterricht. Die Drei- bis Fünfjährigen der Halligkinderstube müssen ihre Spielgemeinschaft unterbrechen und werden nach Hause gefahren. Und wenn das Vieh auf den Fennen ist, muß es schnellstens auf die Warften geholt werden; ebenso alles Gerät, das am Fuß der Warft liegt, sonst würden es die Wasser davontragen.

Eine Unterbrechung ist im allgemeinen etwas, das wir als störend empfinden. Wir lassen uns nicht gern bei dem stören, woran wir gerade arbeiten. Termine, Pläne und Veranstaltungen, die Halligbewohner am Festland haben, können durcheinander geraten. Gäste, die von einem Landunter überrascht werden, sind gezwungen, ihre Abreise um ein, zwei oder drei Tage zu verschieben. Das kann in arge Verlegenheiten führen. Aber nun ist es Art der Wasserwüste, aus diesen Verlegenheiten immer auch Gelegenheiten zu machen. Zeichenhaft macht sie deutlich, daß Welt und Leben eben nicht ungestört, ununterbrochen ihren Lauf nehmen sollen. Wüste, sei es als Sand-, Fels- oder Wasserwüste, will heilsame Unterbrechung der Welt sein, in der ich lebe. Der Fluß der Welt, von der Geburt bis zum Tod, wird durch-leuchtet, in ein Licht gestellt, das mir Abstand zu meinem Alltag schenken möchte, Abstand, der nötig ist, um deutlicher, klarer sehen zu lernen.

Unterbrechen also – um mich fragen zu lassen,
wofür ich arbeite,
wem ich meine Kraft und Aktivität widme,
wozu ich auf diese Erde gekommen bin.
Unterbrechen – um wieder zurechtzurücken,
was ver-rückt ist in meinem Leben.
Unterbrechen – um einmal innezuhalten,
mich zurückzuziehen und zu lösen von den Dingen,
mit denen ich täglich zu tun habe.
Unterbrechen – um nicht ge-danken-los in den Tag zu leben,
also um der Fähigkeit willen zu gedenken und zu danken,
gerade auch für die kleinen,
unscheinbaren Dinge des Lebens.
Unterbrechen – um einen neuen Anfang zu machen
und so zu leben,
wie ich am Ende einmal gelebt haben möchte.

Die Wasserwüste drängt mir dieses heilsame Erlebnis nicht auf. Sie ist eigentlich nur eine Art Angebot, das ich zurückweisen, ausschlagen kann, und dann wird sie mich mehr ärgern als freuen, mehr langweilen als faszinieren. Ich kann also leer ausgehen. Aber ich kann sie auch für mich entdecken, und dann wird mir die Wüste zu einer Kraftquelle und zu einem Feld der Erprobung und Selbstprüfung.

Als das Volk Israel das Sklavenhaus Ägypten verlassen hatte, kam es zunächst in die Wüste. 40 Jahre Wüste, bevor es das verheißene Land betreten durfte. Das ist alles andere als zufällig. In der Wüste hat Israel zum ersten Mal nach den Knechtsjahren die Luft der Freiheit atmen können. Der Weg in die Freiheit, wie Gott sie meint, führt in die Wüste und durch die Wüste. »Ich habe dich in der Wüste erkannt, im dürren Lande«, spricht Gott im Munde des Propheten Hosea (13,5). Die Bedeutung der Wüste für das jüdische Volk bringt der Rabbiner Leo Baeck einmal auf folgende Worte:

»In der Wüste, wo nichts ablenkt und verlockt, wo nichts Äußerliches sich zwischen den Menschen und Gott drängt, war ihnen allen der Sinn für das Eigentliche, für den einfachen und geraden Weg lebendiger noch geworden.«

In der Wüste stand der Berg der Offenbarung, der Sinai, wo Gott seine lebenspendende Weisung gegeben hat. In der Wüste hatte dieses Volk immer wieder Zeichen und Wunder erlebt, wie Feuer- und Wolkensäule vor ihnen herzogen, daß es bewahrt wurde, wie ihm Wasser und Manna gegeben wurden, um es am Leben zu erhalten.

In der Wüste hörte Israel jenes Gebot Gottes, dessen ganze Tragweite wir vielleicht erst heute, in unserer an Haben und Besitz orientierten Gesellschaft ermessen können: Ein jeder solle nur soviel Manna sammeln, wie er täglich zum Leben braucht, nicht mehr. Denn was über seinen täglichen Bedarf hinausgeht, wird faul und stinkend (2. Mose 16).

Da gab Gott ihnen, was sie begehrten,
bis Ekel ihre Seele erfaßte. (Psalm 106,15)

Hier ist die Wüste der Ort, der zu unterscheiden lehrt zwischen Lebensstandard und Leben, zwischen Konsum und dem, was dem Leben dient; der vor Habgier und Besitzstreben warnt und zum Teilen anstiftet; der mich vor die Frage stellt, was wichtiger ist, der Weg oder das Gepäck, und mich ermutigt, mein Leben zu vereinfachen, mein Gepäck leichter zu machen, damit der Weg länger wird.

Dienstag, 17. Januar. Es geht mit Stürmen weiter. Nach dem Sonntagslandunter war gestern die Hallig wasserfrei, und ich

Wasserwüste
überspültes Lar

konnte Konfirmandenunterricht halten. Heute wieder Warnung für eine schwere Sturmflut. Drei Meter sind angesagt. Über Telefon hören wir, daß die Fähre ihren Betrieb eingestellt hat. Am frühen Nachmittag hat der »blanke Hans« erneut die kleine Hallig an ihren Enden gepackt und unter Wasser gesetzt.

Eigentlich merkwürdig. Mich umgeben Fluten. Das Stückchen Hooger Erde mitten im Meer reduziert sich bei Landunter auf ein Minimum. Aber ich habe kein Gefühl von Enge, sondern

nach wie vor von Weite. Wiewohl meine Bewegungsmöglichkeiten auf wenige Quadratmeter Warft begrenzt sind, ist mir weit und frei zumute. Das gilt auch, wenn bei 10 bis 15 Grad Minus die Wasser gefroren und aus der Wasserwüste eine Eiswüste geworden ist, wenn anstelle stürmischer Wogen mächtige Eisschollen und Eisblöcke der Hallig zusetzen und sie vom Festland abschneiden. Woher dieser Eindruck? Warum gerade Freiheit und Weite angesichts von Begrenzung und Beschränkung, die mir Wasser- und Eiswüste auferlegen? Fragen, die an Geheimnis und Kraft der Wüste rühren, die alle Aufmerksamkeit nicht auf Länge oder Breite, sondern auf die *Tiefe* des Daseins lenken will.

Da, auf der Tiefe, liegt alles Gewicht. Denn nicht breiter und nicht länger kann ich mein Leben machen, wohl aber tiefer. Ich kann es um die Dimension der Tiefe reicher machen.

Wie könnte das geschehen? Wie praktisch aussehen? So, indem ich das, was Wüste meint, in mein Leben hineintrage, das heißt: aus Meerestiefen lebe; mir nicht mehr davonlaufe, sondern lerne, mich auszuhalten mit den Möglichkeiten, die mir gerade gegeben sind; mich in meinem Alltag getrost von Gott und seinem Wort unterbrechen lasse und es wage, von ihm her neu aufzubrechen; verstehe, daß sich ein Menschenleben zuallererst nicht nach der Länge der Zeit, sondern nach dem Gewicht der Zeit bemißt; aufhöre, etwas aus mir machen zu wollen; nicht mehr an dem orientiert bin, was ich »habe« – es gibt nicht nur materiellen, auch geistigen und religiösen Besitz –, sondern anfange zu »sein«, einfach da zu sein und so vor Gott erkenne, daß die selbstverständlichste und natürlichste Sache des Menschen zugleich seine größte Herausforderung ist, nämlich nicht mehr und nicht weniger als dies *sein* zu wollen – ein Mensch und ein Bruder aller Menschen.

Hallig Hoo
Backenswarft bei Stumf

Der Herr macht im Meer einen Weg
und in starken Wassern Bahn. (Jesaja 43,16)

Sturmfluten

Auf Kirchwarft, Anfang Februar 1983. Uli Lindow, Bildhauer und Dozent an der Fachhochschule Kiel, und ich sprechen zum ersten Mal über die Möglichkeit eines Bildhauersymposions auf Hallig Hooge. Die Idee findet sogleich meine ungeteilte Zustimmung. Schon mehrfach haben sein Lehrer Jan Koblasa und er mit ihren Studenten Symposien durchgeführt. Neu ist also nicht die Idee, sondern der Ort, an dem man zusammenkommen will – eine Hallig, ein Stückchen Erde mitten im Meer. Und das Thema? Wir sind uns rasch einig. Inhaltlich soll es um die Beziehung von biblischer Geschichte und Halligwelt gehen. Aufgabe und Ziel auf einen Satz gebracht: Eine Geschichte aus der Schrift Alten Testaments ist in ihrer Bedeutung für die Hallig als Land inmitten der Wasser räumlich sichtbar zu machen.

Wenige Wochen später, Ende Februar. Wir kommen erneut zusammen, diesmal in der Husumer Werkstatt des Bildhauers. Die Idee eines Symposions auf Hallig Hooge habe ein gutes, uneingeschränkt positives Echo gefunden, meint er, bei den Studenten ebenso wie bei seinem Kollegen Jan Koblasa. Als Termin komme der Frühsommer 1984 in Betracht, drei oder vier Wochen von Mitte Mai bis Anfang Juni. Zuvor jedoch sollten die Studenten nach Hooge kommen und einen Eindruck von dem Besonderen der Halliglandschaft mitnehmen, um sich danach auf eine biblische Geschichte festzulegen, die sie mit bildhauerischen Mitteln in die Halligwelt übersetzen und deuten möchten.

Nach einem Besuch auf Hooge im Dezember 1983 haben die Studenten der Bildhauerklasse die alttestamentliche Noah-Geschichte mit Sintflut und Arche, 1. Mose, 6–9, ausgewählt. Denn die durch Natur und Naturgewalten geprägten Bedingungen einer Hallig würden sich geradezu anbieten, Gedanken dieses Textes in Bild und Raum zu übertragen.

Es fällt nicht schwer, sich inmitten der Weite und bei einem Übergewicht von Himmel und Meer, vor allem aber angesichts

turmflut
n 24. November 1981,
ooger Friedhof und
answarft

der Stürme und Landunter, die Warften als Archen vorzustellen. Eingedenk der großen Wasserfluten und »Mandrenken« der Vergangenheit ist es, als hätten die Menschen hier am eigenen Leibe die Geschichte von Sintflut und Arche erfahren. Immer wieder sind die Wasser geradezu sintflutartig über die nordfriesischen Lande gekommen und haben Tausende hinweggerafft.

Der Chronist Anton Heimreich, von 1653 bis zu seinem Tode im Jahre 1685 Pastor auf der Hallig Nordstrandischmoor, spricht von der Sturmflut 1634 als von einer »landverderblichen Sündfluth«. Er war noch ein Junge, als die Flut weite Teile von Altnordstrand überschwemmte und – die umliegenden Halligen mit eingerechnet – 6408 Menschen (von etwa 9000) ertranken. So wurde er Zeuge namenlosen Elends, das er in seiner »Nordfresischen Chronik« so beschreibt:

»Daß Gott der Herr durch Auslassung der Wasser das Land umkehren könne, solches haben diese Nordfriesischen Landschaften und alle an der Westsee liegenden Marschländer am Tage Buchardi im Jahre 1634 besonders erfahren müssen, und zwar, als man am sichersten gewesen und die Deiche so wohl gestanden, daß Ocke Levesen auf unserm Nordstrand erklärte, man hätte nun einen eisernen Deich, und Iven Acksen zu Rödemis sagte, man könnte nun sicher hinter den Deichen schlafen, ja, man habe auf ihnen geradezu Trotz geboten, wie der Deichgraf in Risummohr, der nach verfertigtem Deiche den Spaten auf den Deich gesetzt und vermessen gesagt hat:

Trutz, blanke Hans!

Am 11. Oktober nun erhob sich ein ungeheurer Sturmwind aus Südwesten, wendete sich in folgender Nacht auf halber Springflut nach Nordwesten und hauste so übel, daß er nicht allein Häuser auf- und abdeckte und unzählig viel hinweggenommen, dazu in Wäldern und Hölzungen starke und dicke Bäume haufenweise niedergeschlagen und mit der Wurzel aus der Erde gerissen hat, sondern auch das Wasser und Meer in der Westsee dermaßen aufwühlte und auftrieb, daß es Deiche und Dämme zerriß, vieltausend Menschen und Vieh ersäufte, Häuser und Güter wegschwemmte und solchen Schaden anrichtete, daß es nicht zu beschreiben ist.

So hat denn auch die finstere Nacht nicht allein die große Gefahr bei vielen verborgen, sondern ihnen auch alle Mittel geraubt, der Flut zu entkommen. Viele sind in ihrem Bett, bei sicherem Schlaf abgetrieben, andere, vom Ungestüm des Wetters geweckt, haben fliehen oder ihre Güter retten wollen und sind neben ihren Häusern und Gütern von den Wellen weggeschwemmt. Deshalb haben viele, als sie sahen, daß alle Mittel zu entkommen vergebens sind und sie mit ihren Hausgenossen von Wellen weggeführt werden, sich und ihre Frauen und Kinder aneinander gebunden, daß die grausamen Wellen sie wenigstens im Tode nicht voneinander trennen möchten. Noch andere haben sich mit ihren Hausgenossen auf die Dächer und Häuser begeben und sind auf denselben wie auf einem Schiff herumgeführt worden, bis auch dies von den Wellen zerschlagen und diese elenden Menschen jämmerlichst von einander getrennt wurden, daß auf dem einen Stück der Vater, auf einem andern die Mutter, auf einem andern die Kinder hintrieben.

Es war allenthalben ein Bild des Jammers. Man sah eine Unzahl von Toten dahintreiben und sah, wie Kisten und Schappen, Betten und Bettgewand, Laden und wertvolles Hausgerät auf dem Wasser schwamm, wie Männer, Frauen und Kinder auf Brettern und Balken neben und unter den noch stehenden Häusern hinfuhren und Gott und Menschen um Hilfe und Rettung anschrien. Und das ist das allergrößte Elend gewesen, daß die es hörten, ihnen auf ihr klägliches Jammergeschrei nicht haben helfen können, denn man hatte kein Boot zur Hand, womit man sie hätte retten können. Jenen aber, die aus früheren Flutjahren eines auf dem Boden aufgehoben hatten, ist es weggetrieben. Aber selbst wenn man Boote gehabt hätte, man hätte sie doch bei so schrecklichem Sturm nicht gebrauchen können.«

Diese Sturmflut, die 1634 die Westküste heimsuchte, sollte für die Entstehung der Halligkirche von besonderer Bedeutung werden. Hooge hatte seit langem keine eigene Kirche mehr. Eine

Sturmfl
am 24. November 198
zerstörter Friedhofszau

urmflut
1 24. November 1981,
rchwarft »Kreuz Golgatha«

alte, aus der Friesenmission stammende Holzkirche, die eine halbe Stunde weiter westlich von der heutigen Halligkante gelegen war, ist in der großen »Mandrenke« des Jahres 1362 untergegangen. Keine Flut hat sich so verheerend ausgewirkt wie diese, bei der um 8000 Menschen ertrunken, um 50 Kirchen vernichtet worden sein sollen und u.a. auch der sagenumwobene Ort Rungholt unterging. Mit dieser Flut wurden weite Teile der damaligen Uthlande zerstört. Wo heute das Wattenmeer ist und bei Ebbe

riesige Flächen von Sand und Schlick freiliegen, lag vor 1000 Jahren noch ein ausgedehntes Land von Marschen und Mooren, nur hier und da von Wasserläufen unterbrochen. Die 1362 übriggebliebene Bevölkerung von Hooge wurde von da an zum Kirchspiel Pellworm gerechnet, das damals nur durch einen schmalen Priel von Hooge getrennt war. Der Dom der Uthlande (aus dem 11. Jahrhundert), heute »Alte Kirche« genannt, hatte die Sturmflut überstanden.

Die Sturmflut von 1634 zerstörte viele Kirchen auf Altnordstrand. Ganze Gemeinden sind im Meer versunken. Die Insel, in mehrere Einzelteile auseinandergerissen, konnte von den wenigen Überlebenden nicht wieder zusammengedeicht werden. Die Trümmer der damals zerstörten Kirchen holten sich dann die Hooger als Baumaterial für eine eigene Kirche. Ein Großteil der Kircheneinrichtung stammt aus Osterwohld, einem Ort, der 1624 erst eine neue Kirche bekommen hatte, dessen Gemeinde aber nach der Flutkatastrophe nicht mehr existierte. Nach den Kirchenrechnungsbüchern vollzog sich der Bau in den Jahren 1637–42, mitten im 30jährigen Krieg. So erklärt sich, warum Teile des Inventars der Hooger Kirche älter sind als das Kirchengebäude selbst: Das Gestühl z.B. mit seinen 26 schön geschnitzten Wangen, deren erste die Jahreszahl 1624 trägt, also ursprünglich einmal für die Osterwohlder Kirche angefertigt wurde. Dann das holzgeschnitzte Taufbecken, ebenfalls mit der Jahreszahl 1624 versehen. Und auch die Kanzel, aus der Werkstatt des Flensburger Meisters Ringeling, gehörte ursprünglich wohl nach Osterwohld. So sind Mauerwerk und Inventar der Halligkirche stumme Zeugen der Flutkatastrophe von 1634 und ihre Geschichte zugleich die Geschichte der großen Sturmfluten.

Über dem Eingang der Südtür der Kirche hängt eine Gedenktafel, die an die Flut des Jahres 1825 erinnert. Nach dieser Sturmflut sorgte der dänische König Frederick VI., der die Hallig besuchte und im »Königspesel« auf Hanswarft wohnte, für die Erhöhung der Warften und für die Instandsetzung der Kirche. Die Sturmflutnacht vom 3. auf den 4. Februar 1825 war, wie der Chronist zu erzählen weiß, durch Vollmond und Sternenschein fast taghell erleuchtet. Auf Hooge mußten fast alle Bewohner auf die Böden ihrer Häuser flüchten. Eine meterhohe Brandung ließ Hauswände einstürzen und Viehställe wegschwemmen. Gräßlich übertönte den Sturm das Toben und Gebrüll der Tiere. Es griff die Bewohner, wie Augenzeugen bekannten, stärker an als das Geheul des Sturms. Immer höher und wilder jagte der blanke Hans im Nordwestorkan seine Wogenbrecher und Wassermassen gegen die drei Hooger Süderwarften. Gierig leckte die See an den Hausmauern empor. Die Reetdächer zerrissen und flogen in Fetzen über die aufgepeitschten Wasser. Höher und gewaltiger stiegen die Fluten, bis eine fürchterliche Orkanbö, eine Stunde vor Hochwasser, alle 12 Häuser mit Nebengebäuden und allem, was lebte, in die überfluteten Feetinge stürzte. Als es nach der langen Flutnacht endlich tagte, waren die drei Süderwarften dem Erdboden gleichgemacht. 24 Menschen haben bei dieser Flut allein auf Hooge ihr Leben verloren.

Der Februarschnee ist getaut. Einige hundert Austernfischer sonnen sich am Südufer der Hallig und fliegen, als ich mich nähere, kreischend in die Höhe. Über dem Flutwasser liegt ein würziger Geruch aus Schlick und Fisch vom Tisch des Wattenmeeres. Das faltenreiche, wechselvolle Gesicht des Meeres dringt in mich ein. Mich dem Auf und Ab der Wellen überlassend rinnt Erinnerung wie Wasser durch meine Finger. Wehe, wenn das Gesicht des Meeres, das mich heute wie unschuldig ansieht, zur rasenden, kochenden Fratze und aus dem regellosen Spiel der Wellen tödlicher Ernst wird. Was ist von all dem Vergangenen geblieben?

Stumme Zeugen einer versunkenen Welt sind die Halligen mit ihren Warften. Indem sie in Meerestiefen Entschwundenes wieder hervorsuchen und lebendig halten, ragen sie wie Zeichen, wie eigenwillig geformte Archen aus dem Wasser. Vermag sich einmal neues Leben an ihnen zu entzünden? Wird die Erinnerung stark genug sein?

> »Hüte dich nur und bewahre deine Seele wohl, daß du nicht vergessest der Geschichte, die deine Augen gesehen haben, und daß sie nicht aus deinem Herzen kommt dein ganzes Leben lang, und du sollst sie deinen Kindern und Kindeskindern kundtun.«

Dieses Schriftwort (5. Mose, 4,9) hat der Chronist Anton Heimreich seiner »Nordfresischen Chronik« vorangestellt. Als Leitwort zeigt es an, was Überlieferung ist: Den Sinn für Geschichte stärken und kraft der *Erinnerung* Gegenwärtiges und Zukünftiges begreifen lernen.

> »Wir wollen aus der Vergangenheit das Feuer übernehmen, nicht die Asche.« (Jean Jaurès)

Hallig Hooge im Somme

Bildhauer, Bäume und die Bibel

Freitag, 18. Mai 1984. Als von Schlüttsiel kommend die Abendfähre am Hooger Anleger festmacht, hängt die Sonne fingerbreit überm Meer, eine rötliche Scheibe zwischen Ipkens- und Westerwarft, den beiden im äußersten Westen der Hallig gelegenen Warften.

Die *Bildhauer* kommen. Wer sind sie?
Junge Menschen, die bereit sind, sich zu erinnern. Studenten mit ihren Lehrern Jan Koblasa und Uli Lindow, die Zeichen der

Erinnerung setzen wollen, indem sie die Noahgeschichte in ihren Einzelzügen in den Raum der Halligwelt übersetzen und zum Erinnern anstiften möchten.

Erinnerung ist eine Form der Begegnung. Sie soll räumlich in der Halliglandschaft Gestalt finden. Ich will einen Augenblick bei der Beziehung von Zeit und Raum verweilen.

Im 11. Buch seiner »Bekenntnisse« notiert Augustin, daß für Gott alles gegenwärtig ist, was für uns Menschen in Vergangenheit, Gegenwart und Zukunft zerfällt. Nichts als ein ewiger Augenblick ist die Zeit für Gott, »denn tausend Jahre sind vor ihm wie ein Tag, der vergangen ist.« (Psalm 90,4) Die Menschen aber sind im Strom der Zeit – »die Zeit fliegt so reißend schnell von Künftig zu Vergangen, daß auch nicht ein Weilchen Dauer sich dehnt. Denn sowie sie sich ausdehnt, zerfällt sie schon wieder in Vergangenheit und Zukunft, aber als Gegenwart ist sie ohne Ausdehnung.« Augustin nennt die Erinnerung eine Gegenwart von Vergangenem.

Sich Erinnern ist kein Selbstzweck, sondern geschieht um der Gegenwart und der Zukunft willen. Nur jenes Erinnern ist fruchtbar, das mich zugleich an das erinnert, was noch zu tun ist (Ernst Bloch). Über der Gedenkstätte der Judenvernichtung in Jerusalem – Jad Vaschem (Hand und Name) – steht das Wort:

Das Vergessenwollen verlängert das Exil
Und das Geheimnis der Erlösung
heißt Erinnerung.

Erlösung ist ein Leitwort für die Zukunft. Jetzt wird hier gesagt: Das Geheimnis der Zukunft heißt Erinnerung. Es gibt keine Zukunft ohne Vergegenwärtigung dessen, was war, also der Vergangenheit. Die Kraft jüdischen Lebens und Überlebens in der Geschichte beruht ganz entscheidend auf der Kraft der Erinnerung. Jüdischer Glaube und daraus hervorgegangen auch christlicher Glaube sind Erinnerung an Gottes große Taten in der Geschichte. Man kann geradezu sagen, Glaube ist eine Weise, sich zu erinnern.

Darum muß es uns immer neu zu tun sein, kraft der Erinnerung biblische Geschichte(n) gegenwärtig zu haben und gegenwärtig zu machen. Wozu? Um fähig zu sein, etwas über Heute und Morgen zu sagen.

Wenn nun die biblische Noahgeschichte nicht nur gehört, sondern auch gesehen werden will, dann drängt alles Sich-Erinnern zum räumlichen Ausdruck; es sucht sichtbare Gestalt. Denn die Zeit, die man nicht sieht, kann nur bildlich gemessen werden. Sie ist nur im Raum meßbar, wie ja das vermeintlich objektive Messen der Zeit immer ein Ablesen von Raumbewegungen ist – Sonne und Sterne, Sanduhr und Uhrzeiger (Mauthner). Treffend heißt es: »Der Strom der Zeit im Bette des Raums«. In diesem Sinne: die mehr als dreitausend Jahre alte biblische Noahgeschichte im Bette des Raums, in der Weite der Halliglandschaft – und das kraft der Erinnerung der jungen Bildhauer.

Ein Trecker fährt zwei voll beladene Hänger mit Holz und Werkzeug vom Schiff. *Holz*, Ulmen aus Kiel, die krank waren und gefällt werden mußten, als Material, mit dem vor allem in den kommenden Wochen gearbeitet wird und die im Raum der Halligwelt sichtbaren Zeichen zur Noahgeschichte gesetzt werden sollen: das räumliche Ausmaß der Arche; paarweise Tiere – Vögel, Erdtiere, Gewürm bzw. Fische; der Regenbogen; der aus den Todesfluten hervorgehende und einen neuen Anfang setzende Mensch; die »Augen im Priel« als Zeichen der Verbindung zwischen Himmel und Erde; und der trunkene Noah mit seinen drei Söhnen.

Das *Holz des Baumes* ist nicht stumm, sondern erzählt. Eigentlich ist es eine Art Partner, mit dem man ein Gespräch führen kann. Er arbeite nicht gern mit Maschinen an so einem Holz, meint Uli Lindow. Wieviel Jahre habe es gebraucht, um so ein dikker Baum zu werden! Er zeigt auf Jahresringe und Phasen und erklärt dann, daß ihn nur Handarbeit in Kontakt zu dem Holz bringe und Mensch und Baum Zeit brauchten, bis sie sich aneinander gewöhnt hätten. Erst dann würden sie zusammenarbeiten.

Auf der Hallig, inmitten der Wasserwüste, gibt es nur verein-

Hallig Hoo
bei Landunt

llig Hooge
Eiswinter

zelt Bäume. Sie gedeihen im Windschutz der Warft-Häuser. Der Salzwind hält ihre Zahl gering und läßt die Bäume wörtlich nicht in den Himmel wachsen. Ich bin auf Kirchwarft, die nicht mehr als eine weitausladende Pappel, den widerstandsfähigen Hollunder und ein Apfelbäumchen beherbergt, geradezu baumhungrig geworden. Jedenfalls sehe ich die Bäume anders, seitdem ich auf diesem baumarmen Flecken im Meer lebe, viel bewußter, viel weniger selbstverständlich.

Ist es Zufall, daß der Baum ein Prüfstein für die Unterscheidung von Erlaubt und Verboten, Gut und Böse, Leben und Tod ist, wovon der »Baum der Erkenntnis« in der Geschichte vom Sündenfall (1. Mose 3) erzählt. In Psalm 1 und Jeremia 17 wird der Baum, der am Wasser gepflanzt ist und nach dem Bach seine Wurzeln ausstreckt, zum Bild für jenen Menschen, der auf den Herrn vertraut und dessen Hoffnung Gott ist.

Etwas zur Aussage- und Erzählkraft von Bäumen:
In Jerusalem, bei Jad Vaschem, der Gedenkstätte der jüdischen Opfer der Naziherrschaft, gibt es eine »Allee der Gerechten«. Das ist keine asphaltierte Prachtstraße und nichts für Militärparaden und Aufmärsche. Vielmehr ist es eine Pflanzung von Bäumen. Da wurde und wird jedem ein Baum gepflanzt, der Juden aus dem brennenden Europa gerettet hat, der ihnen half zu überleben, der sie vor oder in den »Wohnungen des Todes« bewahrte und dabei mutig sein eigenes Leben aufs Spiel setzte, also verfolgten Menschen Mensch war und in der faschistischen Sintflut rettende Arche für andere.

Keine Statuen und Denkmäler, sondern Bäume als Zeichen einer Erinnerung, die lebt und Generationen überdauert. So bleibt in Gestalt eines Baumes Gerechtigkeit aufbewahrt, die weiter reicht als eines Menschen Zeit, indem sie des Vergangenen gedenkt, die Lebenden ermahnt und ermutigt, um Gottes und der Menschen willen etwas Tapferes zu tun, und die ein lebendig-wachsender Wegweiser für die Zukunft ist. Allee, Straße der Gerechten, die du gehen sollst.

Was sind das für Zeiten, wo
ein Gespräch über Bäume fast ein Verbrechen ist,
weil es ein Schweigen über so viele Untaten einschließt.
(B. Brecht)

Wie die Halliglandschaft, so hat auch die *biblische Geschichte* um Arche, Sintflut und Regenbogen ein Eigenleben. Das zeigt ihre Wirkungsgeschichte. Jede Zeit und Generation hat sie anderes und neues in ihr und an ihr entdecken lassen. Biblische Überlieferung ist etwas Lebendiges, nichts Statisches. Bei dem Propheten Jeremia (23,29) findet sich das Wort:

»Ist mein Wort nicht wie Feuer,
spricht der Herr, und wie ein Hammer,
der Felsen zerschmettert.«

In der Schule des Rabbi Ismael legte man diesen Schriftvers folgendermaßen aus: Was geschieht, wenn der Hammer auf den Felsen aufprallt?

Funken sprühen!

Ein jeder Funke ist das Ergebnis des Hammerschlages auf den Felsen; aber kein Funke ist das einzige Ergebnis. So kann ein einziger Schriftvers viele verschiedene Lehren vermitteln.

Die biblische Noahgeschichte ist uns also nicht einfach nur gegeben, sondern aufgegeben. Es gilt, sie neu für uns zu entdekken und in dieser Zeit zur Sprache zu bringen. Dieses *Zur-Sprache-bringen* darf nicht zu eng gefaßt werden. Es ist keinesfalls nur Sache unserer Zunge – auch unserer Hände, ja, des ganzen Menschen. So betrachtet, wollen biblische Geschichten nicht nur gehört, sondern auch gesehen werden.

Ich hörte einmal jemanden erzählen: Als ich segeln lernte, versuchten Freunde, mir Bojen und Leuchtfeuer auf See zu zeigen. Ich blickte um mich und sah nichts, während sie überall Zeichen sahen. Da mir nicht klar war, wonach ich Ausschau halten sollte und nicht wußte, worauf es eigentlich ankam, konnte ich nicht sehen, was alle um mich herum sahen. Und dann kam der Tag, wo sich das änderte. Ich sah das erste Zeichen und Licht, dann ein anderes, bis sich mir die See ganz öffnete. Und dann erschienen Bojen, Leuchtfeuer und Blinklichter überall.

Worte der biblischen Geschichte, wie Sintflut, Arche, Einzug der Tiere, Gott gedenkt, Regenbogen und Noah, sind im Bild gesagt solche Bojen, Leuchtfeuer und Blinklichter der Erinnerung für mein Heute und Morgen. Zeichen, an denen ich mich im Meer der Zeit orientieren kann. Für sie blind zu sein, ist nicht ungefährlich, wie die Sintflutgeschichte zeigt.

Tief
Ist das Meer
Und abgründig
Seine Gewalt
Tiefer aber und abgründiger
Ist des Menschen Herz.

Sintflut

Als die Sintflut über die Erde kam, öffneten sich die »Brunnen der Urflut und die Fenster des Himmels«. Übersetze ich das hebräische Wort für Himmel wörtlich, dann muß es heißen – »dort ist Wasser« (scham-majim). Sofort wird deutlich, wie sich die biblischen Menschen die Katastrophe vorgestellt haben. Die Sintflut kam vom »Himmel« her, weil »dort Wasser ist«. Eine Naturkatastrophe? Schon möglich. Aber wichtiger war den biblischen Menschen etwas anderes. Sie wußten, daß sie es in dieser Naturkatastrophe mit Gott und seinem Gericht zu tun haben. Mit der Sintflut fällt die Erde wieder in den chaotischen Zustand der Urflut vor der Schöpfung zurück.

Wie ist es dazu gekommen?
Es gibt eine Vorgeschichte, und in ihr wird die Geschichte der Menschheit wie im Zeitraffer erzählt. Es ist auch meine Geschichte, die so beginnt:

»Im Anfang schuf Gott den Himmel und die Erde.«

Wenn es gleich zu Beginn des Schöpfungsberichts heißt, daß die Wasser der Urflut sich an einem Ort sammeln sollen und Gott das Wasser vom Trockenen schied, dann ist mehr gemeint, als daß Gott auf der Erde eine vernünftige Aufteilung von Land und Meer vornimmt. Es bedeutet: Gott drängt die zerstörende Macht zurück und setzt ihr eine Grenze. Damit wird Leben auf der Erde möglich. Wasserfluten verkörpern in biblischer Sicht Chaos und Zerstörung, also das, was den Menschen, ja, die gesamte Schöpfung am meisten bedroht.

Es hatte alles gut angefangen – denn immer wieder heißt es im Schöpfungsbericht: »Und Gott sah, daß es gut war.« Eine herrliche, wunderbare Schöpfung. Der Erdkreis im Frieden dessen, der Himmel und Erde schuf. Mensch und Tier versöhnt mit Gott. Bis zum Sündenfall – jener tiefsinnigen Geschichte von Adam und Eva im Paradies, die, von der Schlange verführt, vom Baum der Erkenntnis essen und damit gegen Gottes Gebot verstoßen. Von allen Bäumen des Gartens durften sie essen, nur von diesem einen nicht, dem Baum der Erkenntnis des Guten und Bösen, »denn sobald du davon issest, mußt du sterben« (1. Mose 2,17). Vielleicht sind wir erst heute, in einer Zeit uferlosen Glaubens an die Machbarkeit aller Dinge, in der Lage, die Wahrheit dieser Geschichte ganz zu erfassen, daß nämlich der Mensch nicht alles tun *darf*, was er tun *kann*. Tut er alles, wozu er fähig ist, nur weil er es kraft der Technologie kann, einfach weil es machbar ist, wählt er nicht das Leben, sondern die Selbstzerstörung, den Tod.

Mit dem Gespräch zwischen Gott und Adam, der Urform des Gesprächs, sind wir im Zentrum dieser biblischen Geschichte. Es fängt damit an, daß Gott den sich seiner Blöße schämenden und sich versteckenden Adam fragt:

Wo bist du?

An Adam ist diese Frage gerichtet. Adam, ein hebräisches Wort, heißt Mensch. Das bedeutet, seit es den Menschen gibt, ergeht an ihn die Frage Gottes: Mensch, wo bist du? Nicht nur ein Mensch ist gemeint, sondern jeder Mensch. In jeder Zeit ruft Gott jeden Menschen an: Wo bist du in deiner Welt? In der Frage also, die Gott dem Adam stellt, ist jede Zeit und jede Generation und jeder Mensch beschlossen. Du bist jetzt 14 Jahre und du 30 Jahre und du 72 Jahre – sag an, wo bist du gerade? Wo hältst du dich auf? Wo hast du dich vor mir versteckt? Warum verbirgst du dich vor mir? spricht Gott. – Du selbst bist Adam. –

Daß wir Menschen uns dieser Frage nicht stellen, daß wir immer wieder ausweichen, daß wir diese Frage gar nicht zu hören meinen, weil wir sie nicht hören wollen, daß so viele Menschen einfach taub sind oder sich taub stellen – das ist nicht nur das Verhängnis dieser Menschen selbst, das ist das Signum eines Jahrhunderts mit seinen Kainszeichen Auschwitz und Hiroshima. Dieses Verhängnis kann mit einem Satz umschrieben werden: Es ist der sich vor Gott verbergende, versteckende Mensch.

Aber wer vermag sich denn vor Gott zu verstecken? In Wahrheit kann es niemand. Aber dies vermag, dies tut der Mensch, daß er den Schöpfer Himmels und der Erde in seinem Leben versteckt, begräbt unter Selbstrechtfertigung und haben- und besitzorientierter Geschäftigkeit, so daß die Frage: Adam, wo bist du? verkümmert und stumm bleibt. Darin besteht unser törichtes Versteckspiel vor Gott.

Nun ist es alles andere als Zufall, daß der Erzählung von Adam und Eva und ihrem Versteckspiel vor Gott die Geschichte von Kain und Abel, eben des Brudermords, folgt. Nachdem Kain den Abel erschlagen hat, will Gott Rechenschaft von Kain:

»Wo ist dein Bruder Abel?«

Und was antwortet Kain?

»Ich weiß nicht. Bin ich denn meines Bruders Hüter?«

Wieder dieses Versteckspiel vor Gott. Aber jetzt besteht des Menschen Versteckspiel vor Gott darin, daß er seine Verantwortung für den Mitmenschen, für den Menschenbruder verleugnet. Das aber ist der Weg in die Verantwortung: Gott fragt den Menschen, Adam, wo bist du? Wo ist dein Bruder Abel? Wenn der Mensch dieser Frage nicht mehr ausweicht, sich nicht versteckt, sondern als Mensch vor Gott *antwortet*, dann kommt es zur Ver-*antwort*-ung.

Der Zusammenhang ist offensichtlich:

Da ist einmal die vertikale Linie: der Verstoß des Menschen gegen Gottes Gebot. Und da ist die horizontale Linie: Die Verleugnung der Verantwortung für den Mitmenschen. Beides – darauf weisen die ersten Kapitel der Bibel bis zur Sintflutgeschichte hin – hängt zusammen. Die Trennung von Gott führt zum Brudermord und damit zur Trennung unter den Menschen. Der Brudermord wiederum wird zum Anfang der Unmenschlichkeit und Ver-antwort-ungslosigkeit in der Menschheit. Wo der Mensch nicht mehr in der Einheit mit Gott lebt, nicht mehr Gottes Wort beachtet, das eine Weisung zum Leben ist, da ist es nur noch ein kleiner Schritt bis zur Zerstörung der Einheit unter den Menschen.

Der Verstoß gegen Gottes Gebot führt noch nicht zur Vernichtung des Menschen, nur zur Vertreibung aus dem Paradies. Erst der Weg des Unfriedens, der mit dem Brudermord beginnt und damit, daß der Mensch mit dem kalten Wort *dein* und *mein* das aufteilt, was Gott als Einheit geschaffen hat und so endet, daß sich die Erde mit Gewalttat füllt und durch die böse Tat der Menschen »verderbt«, zerstört wird – dies führt zur Sintflut. Diese Menschheit ist gescheitert. Sie erfährt Gottes Gericht.

> »Und Gott sprach: Ich will die Menschen, die ich geschaffen habe, vom Erdboden vertilgen.«

Die nachbiblische, rabbinische Auslegung, die ihre Gleichnisse in das nüchterne Grundmuster des biblischen Textes zu weben weiß, erzählt dazu:

Die Wasser sollen sich sammeln, heißt es; das bedeutet, sie sollen auf Gottes Geheiß warten, was er künftig mit ihnen tun wird.

Gleich einem Könige, welcher einen Palast erbauen und Stumme hineinsetzen ließ, welche an jedem Morgen den König mit Zeichen, Fingern und Hüten begrüßten. Da sprach der König: Wenn schon diese Stummen an jedem Morgen mit Zeichen und Fingern mich begrüßen, was würden sie nicht alles tun, wenn sie sprechen könnten. Der König setzte hierauf Menschen in den Palast, welche sprechen konnten. Diese aber bemächtigten sich des Palastes und sprachen:

Der Palast gehört nicht dem König, sondern uns. Da sprach der König: Der Palast soll wieder werden, was er gewesen.

So auch hier. Im Anfang stieg das Lob Gottes nur von den Wassern empor. Was sprachen die Wasser? Mächtig in den Höhen ist der Ewige (Psalm 93,4). Da sprach Gott: Wenn schon die Wasser, welche doch keine Sprache haben, mich so preisen, um wieviel mehr wird mich erst der Mensch preisen!

Nun kam das Geschlecht Enosch und empörte sich gegen Ihn; diesem folgte das Geschlecht der Sündflut, welches sich auch gegen Ihn empörte; zuletzt kam das Geschlecht der Zerstreuung und empörte sich gegen Ihn.

Da sprach Gott: Nun mögen die Wasser kommen, welche mich verherrlicht haben, und sie vertilgen, und es geschah, wie es hier heißt: »Und der Ewige sprach: ich will den Menschen vertilgen«.

Mit der Sintflut stehen wie vor Beginn der Schöpfung die Wasser über der Erde. Die Mächte des Chaos und der Zerstörung haben totalen Besitz von Menschheit und Erde genommen. Aufschlußreich ist, wie in der rabbinischen Überlieferung die Zeit Noahs und das Flutgeschlecht charakterisiert werden:

Das Geschlecht der Sintflut ist durch nichts anderes übermütig geworden als durch das Zuviel des Guten, das der Herr ihnen gegeben hatte. Sie sprachen:
Wozu brauchen wir Ihn?
Ist's uns um das Wasser vom Himmel zu tun?
Haben wir doch Flüsse und Brunnen genug.
Da sprach der Herr: Weil ich ihnen einen Überfluß an Wasser gegeben habe, sind sie frech geworden; nun will ich ihnen noch mehr davon geben und will eine Flut von Wasser über sie bringen.

Bezeichnenderweise besteht Gottes Gericht nicht darin,

daß er seine gute Gabe, das Wasser, entzieht. Nicht an einem Mangel und Zuwenig gehen die Menschen zugrunde, sondern am Zuviel. Den Wünschen nach »immer mehr, immer höher und immer weiter« wird ungezügelt Lauf gelassen, bis sich der Segen in Fluch verwandelt und es von dem Gewünschten soviel gibt, daß die Menschen darin ertrinken. Hier wird deutlich, wie gefährlich es ist, nur noch an der Gabe, nicht mehr am Geber orientiert zu sein. Man nimmt und fragt nicht, wer da gibt. So von ihrer oberen Wurzel getrennt, verselbständigen sich die Dinge des Lebens und ergreifen Besitz vom Menschen, bis sie, eigengesetzlichen Fluten gleich, ihn aufgesogen haben und wegschwemmen.

Sind wieder *Flutzeiten?* Steigen die Wasser?
Man kann ja auch ertrinken im Berufsstreß und in Langeweile, in Papierfluten und im Zivilisationsmüll mit seinen Giftskandalen, im Alkohol und in Tabletten, in der Gier nach noch mehr Wachstum und in der Vermarktung von roher Gewalt. Verwesungsgeruch gibt es genug.
Zeitfluten oder Sintflut als Inbegriff menschlicher Selbstzerstörung:

- Verstummt
  Ist in Flutzeiten die Bitte
  Armut und Reichtum gib mir nicht
  Gib mir Brot nach meinem Bedarf
  Alle wollen mehr
  Mehr als sie bedürfen
  Mehr als ihnen gut ist
  Und mehr bekommen sie
  Ganze Meere voll
  Bis das Mehr sie verschlungen
  Wie eine Sintflut.

- In Flutzeiten sterben die einen
Weil sie weniger bekommen als sie brauchen
Und die andern
Weil sie mehr bekommen als sie bedürfen
Sie sterben gemeinsam –
An ihrer Unfähigkeit zu teilen.

- Gleich den Tagen Noahs ist mir diese Zeit
Wegen ihres Überflusses
Wurden sie übermütig
Daß ihr nimmersattes Fleisch
Aufschwemmte und der Über-
Fluß sie fortriß
Lange bevor die Wasser der Sintflut
Sie wegwischten von der Erde.

- In Flutzeiten produziert eine Überflußgesellschaft
Den sich überflüssig fühlenden Menschen
Schon schlägt ihre Eingeweide vergiftend
Der Überfluß über ihren Köpfen zusammen
Sie aber wähnen sich auf trockenem Fuß
Hinter sicheren Deichen.

- Du baust Schutzräume
Wider die Wut des Meeres
Du sicherst die Warft
Vor des Orkans nächtlichen Wassern
Aber wohin fliehst du
Wenn Neid und Gewinnsucht
Wie Fluten in dir hochsteigen
Und Herz und Nieren überschwemmen?

Die Arche

Die Bildhauer bedenken Einzelheiten der Durchführung des Symposions.

Die Arbeitsplätze zur Anfertigung der Skulpturen auf Fennen ringsum Kirchwarft werden ausgesucht. Betont wird der »Werkstatt«-Charakter des Symposions, das heißt, es geht bei dem dreiwöchigen Vorhaben nicht nur um ein Ziel, sondern zugleich um den Weg; nicht nur um Ergebnisse, sondern vor allem darum, den Arbeitsprozeß der teilnehmenden Studenten und Dozenten einsehbar zu machen und ein interessiertes Publikum von Hoogern und Gästen der Hallig in die Entwicklung der einzelnen Arbeiten miteinzubeziehen. Neben der Arbeit an einzelnen geplanten Objekten sollen darum zusätzliche themenbezogene Veranstaltungen angeboten werden, z.B. Gottesdienste zur Noahgeschichte, Gesprächsabende zwischen Gästen und Teilnehmern des Symposions, sog. Workshops, bei denen anhand von Dias über verschiedene Formen bildhauerischen Umgangs mit biblischen Themen in vergangenen Jahrhunderten berichtet wird.

Manches von dem, was der Betrachter und Besucher sieht, wird ihn auf den ersten Blick fremd und eigenwillig anmuten. Ihm wird Mut gemacht, sich Zeit zu geben und sich weiter auf die Noahgeschichte in dieser sichtbaren, räumlichen Interpretation einzulassen. Die Fremdheit des Gesehenen wird sich als heilsam zum Verstehen der Geschichte um Sintflut, Arche und Regenbogen erweisen. Er gewinnt dadurch nämlich Abstand zu dem, was er von der biblischen Geschichte längst zu wissen meinte, und lernt, neu hinzuhören und hinzusehen.

»Arche eins zu drei« nennt Jochen Schumann sein kastenförmiges Gebilde, mit dem er die Ausmaße der Arche erfahrbar machen will. Die Noahgeschichte macht Angaben über Länge, Breite und Höhe der Arche. In den biblischen Proportionen, nur im Maßstab 1 : 3 verkleinert, hat Schumann aus einem Ulmen-

Jochen Schuman
Arche eins zu dr
1984, Holz/Drah

stamm, den er der Länge nach in unterschiedlich dicke Hölzer geteilt hat, einen rechteckigen, nach oben geöffneten Raum abgesteckt, der einem Kasten gleicht. Geht man von der hebräischen Wortbedeutung aus, so hat man sich die Arche der Form nach als Kasten und nicht als Schiff vorzustellen. Sie hat weder Kiel noch Steuer, weder Mast noch Segel, noch hat sie irgendwohin zu fahren. Nicht zum Durchschneiden der Wellen, sondern von ihnen getragen zu werden, ist sie bestimmt. Im übrigen ist es

dasselbe Wort, das auch in der Erzählung von Moses' Rettung vorkommt, wo es als Kasten zur rettenden Erhaltung eines Menschenkindes im Wasser dient. Die Arche kann also klein oder groß sein, stets aber wird sie Kastenform haben.

Nur die Eckpfeiler hat Schumann in der Halligerde verankert. Die andern Hölzer stehen in etwa einem Meter Abstand zueinander, oben zusammengehalten von einem Drahtseil, in dem hohen Gras der nah am Priel gelegenen Fenne. Manchmal an stürmischen Tagen, wenn der Wind von Südwest in die Hölzer fährt, stelle ich mich da hinein, lausche ihrem eigenwilligen Spiel und schaue auf zu den Wolkengesichtern, die schwarz dahinrasen. Wer sich einläßt auf eine solche einfache Deutung der Arche, kann etwas von der Spannung zwischen der vertikalen Anordnung der Hölzer und der Weite der Halliglandschaft spüren.

»Ich will die Menschen, die ich geschaffen habe, vertilgen, spricht Gott« (1. Mose 6,7), wörtlich: wegfegen, wegwischen. Die Sintflut bedeutet Ende – aber ein Ende, das Gott beschließt. Darum wird aus dem Ende ein neuer Anfang hervorgehen und Rettung und Gnade werden über Vernichtung und Gericht stehen.

Wie aber setzt Gott einen neuen Anfang?
Höchst eigentümlich und unbemerkt, ja, sein Rettungswerk nimmt sich auf den ersten Blick geradezu lächerlich aus: Er läßt eine Arche bauen. Einen Kasten. Warum nicht, wenn man am Meer oder an einem Fluß lebt, das kann ja sinnvoll sein! Aber darüber sagt die biblische Geschichte bezeichnenderweise nichts. So ist der Mann, der von Gott den Auftrag bekommt, eine Arche zu bauen, dem Kopfschütteln, der Lächerlichkeit und dem Gespött der Menschen ausgeliefert.

»Fragen« ist die dynamische Kraft der rabbinischen Auslegung. Warum, fragt man, gab es keine Rettung für die Zurückgebliebenen? Doch, es hätte Rettung gegeben. Es gab eine Frist zur

Umkehr, – die ist so dick und so hoch wie ein Baum von 120 Jahren, antwortet die jüdische Überlieferung und erzählt dazu folgende Geschichte:

Als der Herr den Bau der Arche befahl,
fing Noah an, Zedern zu pflanzen.
Die Menschen fragten ihn, was das bedeute;
er erzählte von der drohenden Flut,
und sie verlachten ihn.
Noah pflegte die Bäume Jahr um Jahr,
bis sie groß geworden waren.
Immer wieder wurde er gefragt, wozu die Bäume seien;
er wiederholte seine Worte und wurde verhöhnt.
Endlich fällte Noah die Zedern und begann sie zu zersägen.
Die Menschen umstanden ihn, spotteten seiner,
und keiner wollte an die kommende Flut glauben.

Nichts von einer Untergangsstimmung. Man lebte dahin unter Sonne und Regen, »sie aßen und tranken, freiten und ließen sich freien, bis an den Tag, da Noah in die Arche ging« (Matth. 24). Merkwürdig. Die Axt ist schon an die Wurzel gelegt und das Ende bei Gott beschlossen. Aber wir Menschen tun so, als müßte es immer so weitergehen wie bisher. Woran liegt das? Verdrängen wir Umbruch und Ende, wie wir den Tod verdrängen und alles, was Umkehr erfordert? Sind es gedankenlose Selbstverständlichkeit und Sicherheit, die uns blind für die Zeichen Gottes machen? Oder ist es der in unseren Tagen anscheinend unverwüstliche Glaube an die Machbarkeit aller Dinge, der uns vorgaukelt, man habe alles noch »im Griff«?

Die Rabbinen sehen das so:

Noah predigte den Menschen und redete auf sie ein mit harten, flammenden Worten. Aber die Menschen verspotteten ihn nur und sprachen:

Du, Alter, was soll dieser Kasten?

Noah antwortete: Gott wird über euch eine Flut bringen. Sie sagten: Was für eine Flut? Ist's eine Feuerflut, so haben wir, was Alitha heißt, den Feuerwurm, der das Feuer löscht. Ist's eine Wasserflut, die er bringen will, so bedecken wir die Erde mit eisernen Platten, daß das Wasser der Tiefe nicht nach oben kann. Bringt er aber über uns einen Flutregen vom Himmel, so haben wir dafür unsere Schwämme, die saugen das Wasser auf.
Noah aber sprach:
Unter euren Fersen wird es hervorsprudeln.

Die Arche – ein unscheinbarer Anfang.
Die Arche, die Noah bauen soll, ist ein Bild des Anfangs und ein Werk der Rettung. Um des neuen Anfangs und der Rettung willen wird die Geschichte von der Sintflut erzählt. Was von Gott als Rettung gemeint, als Neuanfang gesetzt ist, gleichsam als schwimmende Brücke zwischen Vernichtung und Rettung, wird von vielen als lächerlich und unbedeutend, als fromme und idealistische Spinnerei abgetan. Aber nun bewegt mich, wie klein und unscheinbar Gottes Neuanfang und Rettung zunächst aussehen. Man kann leicht darüber hinwegsehen. So unbedeutend nimmt sich die Arche in den Augen der Welt aus, daß man meint, sie nicht zu brauchen. Das Holz der Arche und später das Holz der Krippe und des Kreuzes sind von derselben Art. Was bei Gott groß und gewichtig ist, sieht in unseren Augen oft klein, unscheinbar und unbedeutend aus.

Ich ziehe für mich daraus den Schluß: Von Gott her sehen und auf das Kleine, Geringe und Unscheinbare achthaben. Also von unten her sehen und wachsam aus der Tiefe leben; in Meerestiefen die *»Arche«* nicht aus den Augen lassen.

Dein Wort ist meine Arche.

Gleich den Tagen Noahs ist mir diese Zeit

Im Meer des Geschwätzes
Wenn Reden wie Wasser über mich hingehen
Ist dein Wort Herr
Meine Warft
Meine Arche
Im Wortschaum unserer Tage.

Warum er die Namen der Toten in die Bibel schreibe, wurde ein alter Mann gefragt. Ohne im Schreiben innezuhalten, sagte er: Weil sie ein Buch des Lebens ist.

5. Mose 30,20 wird die Tora, Gottes gute Weisung, »dein Leben und die Länge deiner Tage« genannt. Immer wieder ist in Flutzeiten und Zeitfluten das Wort der Schrift zur rettenden Arche geworden, die hält und trägt. In der strengen Treue zur Tora habe das jüdische Volk die Wirren von 2000 Jahren Diaspora und Völkerwüste überlebt, meinte einmal ein Rabbiner nach Auschwitz.

Als Walter Benjamin im Januar 1937 sein Buch »Deutsche Menschen. Eine Folge von Briefen« an Gershom Scholem schickte, schrieb er hinein:

Möchtest du für die Erinnerungen deiner Jugend
eine Kammer in dieser Arche finden,
die ich gebaut habe,
als die faschistische Sintflut zu steigen begann.

In »Benjamin – Geschichte einer Freundschaft« notiert Scholem dazu: »In ein Buch hat der Autor eingefangen, als Arche konstruiert, was der Sintflut widerstehen kann. Wie die Juden sich vor den Verfolgungen in die Schrift retteten, ins kanonische Buch, so bildet sein eigenes Buch ein nach jüdischem Vorbild verfaßtes rettendes Element.«

Wenn die Tora mein Leben und die Länge meiner Tage, wenn das Wort der Schrift wirklich rettende Arche ist, warum traue ich dem Wort nicht mehr zu bei der Lösung meiner Konflikte und Nöte? Müßte ich nicht im Vertrauen auf das Wort, das bleibt, mit den Wörtern, die ich sage, noch viel behutsamer, überlegter und verantwortungsvoller umgehen? Warum noch länger fortfahren, die unheilvolle Sprache der Angst, Abschreckung und Gewalt zu sprechen? Wenn die Zusage gilt, daß Himmel und Erde vergehen, des Herrn Wort aber in Ewigkeit bleibt, dann hat Zukunft, was im Meer der Zeit auf diese Wort-Arche bezogen ist und sich mit Leib und Seele an sie gebunden hat.

Arche sein – für andere.

Gleich den Tagen Noahs ist mir diese Zeit
Ich träumte eines nachts
Ich stand im Rund des Regenbogens
Und hörte eine Stimme –
Die sprach zu Noah
Mache dir einen Kasten
Doch nicht vom Holz der Tanne oder Zeder
Nicht aus Beton –
Aus Fleisch und Blut
Mit Adams Samen
Wirke dir ein rettendes Element
Eine lichte Arche
Verpiche sie inwendig und auswendig
Mit dem lebendigmachenden Geist verpiche sie
Und dem schöpferischen Wort des Anfangs
Nach der Zahl der Völker
Richte die Kammern
Daß Raum sei allen
Die waren sind und kommen.

Gott sucht das Entschwundene wieder hervor
Und ruft das Kommende daß es sei.

Und alles zeichnete sein Finger vor
Das Firmament als Dach
Und als Boden die Tiefen des Meeres
Die Sonne als Licht für den Tag
Und für die Nacht Mond und Sterne
Sein Finger schrieb den Erdkreis
Und was darauf lebt
Nicht das Geringste entfiel seiner Hand.

Da widerfuhr mir all die Weite
Und das kosmische Ausmaß der Arche
Der Staub von dem ich genommen
Bebte und ich fürchtete mich
Als würde von Ewigkeit her
Die Menschheit gewogen
Sah ich die Wasser steigen.

Und die Stimme sprach
Deine Arche Noah
Ist die Erde
Und in ihren Kammern die Völker
Immer siehst du auf der Erde
Die Wasser steigen
Wo Menschen an sich reißen
Was allen gehört
Und siehst die Fluten sinken
Wo einer schon erkennt
Daß er Teil dieser Erde
Und rettende Arche für andere.

Einzug der Tiere

»Einzug in die Arche« heißt eine Komposition aus Tierzeichen von Zuzana Hlináková, Jan Koblasa und Uli Lindow, bei der die Warft mit Kirche, Haus und friesischem Glockenturm als Arche begriffen wird. Ihre Skulpturen repräsentieren paarweise Tiere in den verschiedenen Lebensbereichen und Elementen von Luft, Erde und Wasser. Der biblische Bezugspunkt lautet:

> »Und von allen Tieren, von allem Fleisch, sollst du je ein Paar in die Arche führen, um sie bei dir am Leben zu erhalten, ein Männchen und ein Weibchen sollen es sein. Von jeder Art der Vögel und des Viehs und all dessen, was auf Erden kriecht . . .« (1 Mose 6,19.20)

Gemeinsam ist den aus dem Holz der Ulme entwickelten Tier-Zeichen eine dynamische, den Bewegungsabläufen der jeweiligen Tierart Ausdruck gebende Kraft und ein spielerisches Element, das von den jugendlichen Besuchern der Kirchwarft vor allem erkannt und erfahren wurde, indem sie sich einen Ausstellungssommer lang die Tiergestalten nicht nur mit der Frage, was das denn zu bedeuten habe, ansahen, sondern sie erkletterten und spielend eroberten.

Zuzana Hlináková hat zwei schlanke, 3,5 Meter lange und sich nach hinten verjüngende Körper aus einem Holzkern gearbeitet und mit gewalztem Blei umwickelt. Die glatte, kühl-glänzend wirkende Reptilienhaut läßt eine Deutung in Richtung Erdtiere ebenso zu wie in Richtung der im Wattenmeer lebenden *Fische*. Linie und Bewegung sind nicht ungestüm, sondern gleitend. Ich habe von Beginn an Fische in den Figuren gesehen. Diese Deutung liegt auf der Hallig besonders nahe. Wenn Arche bedeutet »geschützt, gerettet und bewahrt« werden, dann müssen auch die Fische in die Arche. Denn angesichts der verschmutzten Nordsee, die zur Müllkippe für Europas Industrie geworden ist, droht ihnen und der Vegetation des Meeres allergrößte Ge-

Zuzana Hlináko
Einzug der Tie
1984, Holz/B

fahr. Die Zahl der Fische mit Geschwüren, verätzten Flossen und verwachsenen Kiemen hat nach Meinung der Hooger Fischer erheblich zugenommen. Sie ziehen in ihren Netzen ans Licht, wovon der Normalverbraucher in den sortierten Fischgeschäften nichts mehr sieht.

»Erst wenn der letzte Baum gerodet,
der letzte Fluß vergiftet,
der letzte Fisch gefangen,
werdet ihr feststellen,
daß man Geld nicht essen kann.«

Wie lang ein Weg auch sein mag, er beginnt mit dem ersten Schritt. Ein Verklappungsverbot der Dünnsäure z.B., nur ein relativ kleiner Teil der Nordseeverschmutzung, könnte dieser erste Schritt sein. Ein Schritt auch in unserem Bewußtsein, Mensch und Natur und die ihnen drohenden Gefahren nicht länger hinter Statistik, Zahlen und Prozenten, hinter Profitdenken und Zuwachsraten zu verstecken. Erst stirbt der Fisch und dann der Mensch. Eigentümliche Umkehrung in unserem Jahrhundert, jedenfalls eine bezeichnende Verlagerung des Gewichts: Ging es früher um die Frage, wie wir Menschen vor den Urkräften der Natur bewahrt werden, so steht heute die Frage im Vordergrund, wie die Natur vor uns Menschen bewahrt wird. Auch wenn Halligbewohner angesichts der Stürme und großen Fluten noch etwas von den Naturkräften und ihren Gefahren wissen, – es ist heute nicht die Natur, die den Menschen, sondern der Mensch, der die Natur bedroht. Deutlicher als je zuvor erfahren wir, daß vom Menschen selber die größte Bedrohung für den Menschen ausgeht.

Laß dein Brot übers Wasser fahren,
so kannst du es wieder finden,
sei's auch nach vielen Tagen. (Prediger 11,1)

Gleich den Tagen Noahs ist mir diese Zeit
Noah ließ sein Brot übers Wasser fahren –
Heute fand ich's wieder
Vermischt mit Teerresten
Im Magen eines ölkrepierten Vogels
Den die Flut antrieb.

»Zwei Tiere der Arche aus einem Kreis entwickelt. Stämme werden behauen und zu einem Kreis zusammengeleimt. Anschließend wird der Kreis viergeteilt und zu Tierzeichen zusammengesetzt.« Mit diesem Worten beschreibt Uli Lindow sein bildhauerisches Vorhaben und entwickelt aus weitgehend roh belassenen Holzstämmen ein mächtiges *Tierpaar*, das überlebensgroßen Pferden ähnelt. An diesen »Urpferden« ist alles Bewegung. Sie drängen, stürmen vorwärts, als gälte es, den Fluten zu entkommen, oder als würde Gott selbst sie zur Eile ermahnen.

Vom Leben mit den Tieren in der Arche weiß die rabbinische Überlieferung zu erzählen:
Ein großes Geheimnis eröffnete Gott Noah, indem er ihn wissen ließ, welche Nahrung jedem Tier zukommt. Aber damit nicht genug. Gott ließ ihn auch wissen, wieviel jedes Tier tagsüber verzehrt, wieviel jeder Vogel tagsüber bedarf und zu welcher Stunde sie gefüttert werden müssen.

Zwölf Monde hindurch, heißt es, die Noah in dem Kasten war, kannten seine Augen nicht den Schlaf, nicht bei Tag und nicht bei Nacht. Weder schliefen er noch seine Söhne, denn sie mußten die Tiere, die mit ihnen waren, speisen. Noah pflegte die wilden Tiere zu füttern, Sem das Vieh, Ham die Vögel, Japhet das Gewürm. Einmal vergaß es Noah, dem Löwen seinen Fraß zu geben, da biß ihn der Löwe in den Fuß, daß er lahm wurde. All die zwölf Monde, die Noah mit den Seinen in der Arche war, traten sie auf Schlangen, und die taten ihnen nichts

Uli Lindc
Einzug der Tie
1984, Hc

zuleide, wie es auch heißt: ›Auf Schlangen und Ottern wirst du treten.‹

Noah kannte die Speisen aller Tiere. Nur die der Zikaden wußte er nicht. Da begab es sich eines Tages, daß er einen Granatapfel zerschnitt, und ein Wurm fiel daraus auf die Erde. Sogleich fraß die Zikade ihn auf. Von da an pflegte Noah Kleie einzuweichen, und wie darin Würmer wuchsen, gab er ihnen zu fressen.

Die beiden von Jan Koblasa in einfachen Formen entworfenen *Vögel*, ausbalanciert auf einer Stahlstange, schweben und drehen sich im Wind. Ein anmutiges Spiel über den Farben eines sommerlich durchwehten Warftgartens und im Licht-Schatten der großen Pappel. Von ihrer Bewegung geht Ruhe aus und lädt mich zum Verweilen ein. Vögel auf der Warft/Arche »suchen nach Festland, nach Trockenheit, suchen das Nest« (Jan Koblasa).

Vom Raben und von der Taube ist in der Noahgeschichte ausdrücklich die Rede. Sie werden von Noah ausgeschickt, um zu erkunden, wie weit die Wasser abgelaufen sind, suchen also nach Festland, nach Trockenheit.

> »Nach Verlauf von vierzig Tagen aber öffnete Noah das Fenster der Arche, das er gemacht hatte, und ließ den Raben ausfliegen; der flog hin und her, bis die Wasser auf Erden vertrocknet waren.« (1 Mose 8,6.7)

Die spätere Überlieferung möchte mehr wissen und erzählt weiter: *Einmal fing der Rabe einen Wortwechsel mit Noah an. Er sprach nämlich zu ihm:*
»Hast du denn unter allen vierfüßigen Waldtieren und unter den Vögeln keins finden können, daß du mich schicken mußt?«
Darauf antwortete Noah:
»Welchen Nutzen hat die Welt von dir? Sie kann dich weder zur Speise, noch zum Opfer gebrauchen.« Gott aber sprach zu Noah:

»Dennoch nimm ihn in die Arche auf, denn die Welt wird einmal seiner bedürfen.«
»Wann?«
»Wenn das Wasser«, antwortete Gott, »sich von der Erde verloren hat. Einst wird nämlich ein Gerechter, der Prophet Elia, aufstehen und über die Welt Trockenheit bringen, dann werde ich die Raben brauchen.«

Nach dem Raben ließ Noah eine *Taube* ausfliegen. Aber die Taube kam zu ihm zurück in die Arche, da die Wasser noch über der Erde standen. Als er nach sieben Tagen abermals eine Taube ausschickt, kam sie »um die Abendzeit« zurück, und siehe da! sie trug ein frisches *Ölblatt* in ihrem Schnabel. (1 Mose 8,11)

Woher brachte die Taube das Ölblatt?, fragen die jüdischen Weisen und entfachen eine Diskussion, in der verschiedene Meinungen nebeneinander bestehen bleiben:
Einer meinte, von den Schößlingen im Lande Israel. – Ein anderer, vom Ölberg, welcher damals im Lande Israel durch die Flut nicht überschwemmt worden war. Ein dritter sagte: Der Taube wurden die Tore des Paradieses geöffnet, so daß sie das Blatt bringen konnte. Hätte sie dann aber, fragte ein vierter, nicht etwas Besseres aus dem Paradiese bringen können? Zimt oder Balsam?

Die Taube wollte aber mit dem Ölblatt dem Noah etwas andeuten; sie sprach nämlich zu ihm:

Lieber ist mir das Bittre aus der Hand Gottes,
als das Süße aus deiner Hand.

Das Olivenblatt ist bitter und gehört sonst nicht zur Nahrung der Taube. Nach dem Verständnis der jüdischen Weisen spricht es die Weisheit aus: Besser bittere, ungewohnte, sonst nicht zusagende Kost und dabei selbständig und frei, als süße Kost und abhängig.

Das Olivenblatt ist ursprünglich also ein Zeichen für den

n *Koblasa*
ızug der Tiere
34, Holz

hohen Wert der Selbständigkeit und Freiheit und der Genügsamkeit in der Freiheit; und dann erst ein Bild des Friedens.

Der Einzug der Tiere in die Arche wird zum Zeichen, für Gottes Schöpfung einzustehen und Verantwortung zu übernehmen. »Auf des Ewigen Wort hin sind die Himmel geworden« (Psalm 33,6). Und einer der Namen für Gott in der jüdischen Literatur lautet: »Er, auf dessen Wort die Welt entstand«.

Wenn auf Gottes *Wort* hin Himmel und Erde wurden, dann klingt in der Schöpfung noch etwas vom Wort des Schöpfers nach. Gott redet also den Menschen auch in Seiner Schöpfung an und fragt ihn, wie er mit dem umgehe, was Gott gehört, weil es von Ihm geschaffen wurde. Natur und Kreatur sind eine immer neu von Gott an den Menschen ergehende Frage: Adam, wo bist du? Mein Leben wird darauf die Antwort geben. Und ich werde mich verantworten müssen, ob die Weise meines Umgangs mit der mir auf Zeit anvertrauten Schöpfung verantwortungsvoll war, oder ob ich sie leichtfertig meinen egoistischen Interessen unterworfen und für kommende Generationen verspielt habe.

Des Herrn ist die Erde und was sie erfüllt,
der Erdkreis und die darauf wohnen.
Er ist's, der sie auf Meere gegründet,
auf Strömen sie festgestellt hat. (Psalm 24,1.2)

Gott gedenkt

»Da *gedachte Gott* des Noah und all des Wildes und des Viehs, das bei ihm in der Arche war. Und Gott ließ einen Wind über die Erde wehen, und die Wasser sanken.« (1. M. 8,1)

»Gott gedenkt«, hier zum ersten Mal in der Schrift von Gott gesagt. In dem hebräischen Wort für »gedenken, sich erinnern« klingt das Wort »verschließen« mit, also im Gedächtnis bewahren und festhalten. Nicht so, als hätte Gott die Arche zwischenzeitlich vergessen und würde sich nun ihrer wieder erinnern. Bei Gott ist kein Augenblick des Vergessens. Wenn Gott gedenkt, bewahrt er unablässig im Gedächtnis und bewährt so Ver-*bund*-enheit mit Noah. Das wird daran sichtbar, daß die Wasser sinken. Buber übersetzt: »Gott führte einen Windbraus quer über die Erde, und die Wasser duckten sich.« Wenn Gott gedenkt, dann sinken, ducken sich die Wasser, dann nehmen die Mächte der Zerstörung und Bedrohung ab.

Was ist Glaube anderes als sich kraft der Erinnerung der Trag-Weite bewußt zu werden, daß Gott Mensch und Erde nicht sich selbst überlassen hat, sondern ihrer gedenkt.

Was ist der Mensch, daß du, Gott, seiner gedenkst?
Und des Menschen Kind, daß du dich seiner annimmst?
(Psalm 8,5)

Die Schrift hat, so habe ich immer empfunden, hier die Art, mit der Frage auch die Antwort zu geben. Eben das ist der Mensch, daß Gott seiner gedenkt, sich seiner annimmt, ihn liebt. Wohl geben die einzelnen Lebensdaten Auskunft über ein Menschenleben, aber allein, daß Gott unserer gedenkt, das macht uns Menschen zu Menschen.

Wer bin ich?
Einsames Fragen treibt mit mir Spott.
Wer ich auch bin,
Du kennst mich,
Dein bin ich, o Gott. (D. Bonhoeffer)

Wenn Gott gedenkt, dann bekommen wir Menschen wieder festen Boden unter die Füße.

Die Stelen-Gruppe *»Erneuerndes Leben«* von Regina Salzmann stellt zeichenhaft den Menschen nach der Sintflut in einer aufsteigenden Bewegung dar: aus den Todesfluten zu neuem Leben, aus der liegenden Haltung zum aufrechten Gang. »Der sich aufrichtende Körper soll den Prozeß des sich erneuernden Lebens symbolisieren« (Salzmann). Die Figurengruppe besteht aus

sieben Körpern, die durch ein Drahtseil miteinander verbunden und am Ufer des Priels befestigt sind. Eindrücklich und anmutig stellt die Art der Aufstellung der Figuren eine Beziehung zur Halliglandschaft her. Die sequenzartige Komposition gleicht nämlich einer *Welle.*

Heute in östlicher Richtung die Hallig umwandert, nach Landsende. Es wird Abend. Die Wolken stehen steil und zusammengeballt in der Dämmerung. Immer wieder innegehalten und in die Wellen geschaut. Diese vom Wind geformte Bewegung des Wassers, dieses regellose Spiel der Wogen wie ein nie endender, unbegreiflicher, im Auf und Ab der Buchstaben dahinwogender Satz, sich formend und auflösend, wieder sich formend, ohne Atem zu holen, geschmeidig und abgerundet rollen, wälzen die Wogen dahin, durchlässig, doch mit der Kraft zu tragen, weich und sanft mich umspielend, um mir im nächsten Augenblick wellenbrecherisch Gewalt anzutun, wenn sich die Winde zum Sturm erheben – Zeitereignissen gleich, die wie Wogen auf uns zurollen, uns fortbewegen, mit sich reißen, Strandgut in einem riesigen Meer von Zeitfluten, zwischen Wogenkämmen und -tälern dahintreibend, bis wir, von den Wellen gezeichnet, auf festem Grund stehen, auf dem Holz der Arche. Tief ist das Meer und abgründig seine Gewalt, tiefer aber und abgründiger sind eines Menschen Herz und Zeit. Schwerer als die Tiefe des Ozeans ist die Tiefe des menschlichen Herzens zu ergründen.

Mich hatte der Strudel geworfen
ins Herz der Meere,
mich umringte der Strom
all deine Brandungen,
deine Wogen,
über mich sind sie gefahren.

(Jona 2,4 in der Übersetzung Martin Bubers)

:gina Salzmann
:neuerndes Leben
)84, Holz/Draht

O Gott, dein Meer ist so groß
und mein Boot ist so klein. (Gebet französischer Fischer)

Die Stelen-Gruppe von Regina Salzmann zeichnet eine Bewegung von unten nach oben, aus den Todesfluten zu neuem Leben. Aber es ist alles andere als Zufall, daß man sie auch umgekehrt lesen kann, aus dem Leben zurück in die Todesfluten, von oben nach unten.

Der *Regenbogen*, selbst aus Licht und Wasser gewoben, wird zum äußeren Zeichen dafür, daß Gott gedenkt. Er gedenkt seines Bundes.

»Ich will einen Bund mit euch aufrichten, daß niemals wieder alles Fleisch von den Wassern der Sintflut soll ausgerottet werden und niemals wieder eine Sintflut kommen soll, die Erde zu verderben. Und Gott sprach, dies ist das Zeichen des Bundes . . .: meinen Bogen stelle ich in die Wolken, der soll ein Bundeszeichen zwischen mir und der Erde sein.« (1 Mose 9,11.13)

Der Regenbogen erscheint als ein den Himmel und die Erde verbindender Bogen, somit als Band zwischen Himmel und Erde. Als Bundeszeichen ist er darin so besonders, daß ihn nicht die Menschen machen. Andere Zeichen werden von den Menschen vollzogen, so die Beschneidung, die Sabbatheiligung, die Taufe, und erinnern darum an den Bund mit Gott, weil sie auf seine Weisung zurückgehen. Der Regenbogen ist ausschließlich ein Zeichen der Liebe und Treue Gottes gegenüber seiner Schöpfung, das Ihn »erinnert«. Als Widerschein der Sonne in den Regenwolken spiegelt er die Gnade nach dem Gericht. Himmel und Erde sind miteinander verbunden und machen einen neuen Anfang.

Eine Arbeit von Karl Madörin möchte den Regenbogen zeichenhaft sichtbar machen. Aus einer Arche nach der Flut, ihr

»Meinen Bog
stelle ich in die Wolke

Material ist Beton, wachsen fünf leicht gekrümmte Hölzer in den Farben eines Regenbogens, der die Form einer Hand hat. Ein Versuch, das rettende Element der Arche als Bild des neuen Anfangs unter den Menschen mit dem himmlischen Bundeszeichen des Regenbogens als Bild der erhaltenden Gnade Gottes zu verbinden.

Ein weiteres Zeichen der Ver*bund*enheit zwischen Himmel, Erde und Meer sind die von Insa Winkler entworfenen *»Augen im*

Karl Madö
Arche und Regenbog
1984, Beton/H

sa Winkler
ıgen im Priel
84, Holz/Spiegelglas

Priel« unterhalb von Kirchwarft. Hellblaue, augenförmige Holzflößchen, die an der Iris glitzernde Spiegelscherben tragen und auf dem Grund des Priels verankert sind, schwimmen im Wasser. In einer Art von »poetischem Spiel« mit den Elementen wird Oben und Unten miteinander verbunden, indem die Wasseroberfläche den Himmel spiegelt und ihn so auf ein Stückchen Erde mitten im Meer holt.

Durch »Regenbogen« und »Augen im Priel« erhält die Weite der Halliglandschaft zeichenhaft ihre vertikale Dimension.

Aufschlußreich ist, wie schon in biblischen Zeiten die Noah-Geschichte verstanden wurde, was man beispielsweise von ihr aufgenommen, was man weggelassen oder auch ergänzt hat, kurz, wie man mit ihr gelebt hat.
Ein Beispiel: Jesaja 54,9.10

> Gleich den Tagen Noahs ist mir diese Zeit:
> wie ich geschworen, daß die Wasser Noahs
> nicht mehr über die Erde kommen sollen,
> so habe ich geschworen,
> dir nicht zu zürnen
> und dich nicht zu schelten.
> Denn die Berge mögen weichen
> und die Hügel wanken,
> aber
> meine Gnade soll nicht von dir weichen
> und mein Friedensbund nicht wanken,
> spricht der Herr, dein Erbarmer.

Dies ist ein Wort des Propheten, den man Deuterojesaja nennt und der in der Zeit des babylonischen Exils gewirkt hat, als der Siegeszug des Perserkönigs Kyros begann (um 500 v.Chr.). Mochten die Zerstörung Jerusalems (587) und die Verbannung in das babylonische Exil wie eine Sintflut über Israel gekommen sein. Nicht an ihren Wassern als einem Gericht entzündet sich prophetische Rede, vielmehr an Gottes Bund mit Noah, dessen Zeichen der Regenbogen ist. Der Prophet erinnert an Noahs Tage um des Neuanfangs, um der Rettung willen. Er will das leidgeprüfte Volk, dem die Wasser der Fron bis an die Seele gehen, aufrichten und trösten. Und gewaltig hebt die prophetische Rede an:

> »Tröstet, tröstet mein Volk! spricht euer Gott. Redet Jerusalem zu Herzen und rufet ihr zu, daß ihr Frondienst vollendet, daß ihre Schuld bezahlt ist . . .« (Jes. 40,1.2)

»Trost« rührt aus der Kraft sich zu erinnern. Man kehrt an den Uranfang zurück, genauer, man vergegenwärtigt ihn kraft der Erinnerung, um sich der Treue Gottes für heute und morgen zu vergewissern. An Zugesagtem (»wie ich geschworen, daß die Wasser Noahs nicht mehr über die Erde kommen sollen«) orientiert sich erneute Zusage (»so habe ich geschworen, dir nicht zu zürnen und dich nicht zu schelten«). Gottes Zusage und Verheißung an Israel und die Christenheit haben die Art einer rettenden Arche.

> »Gleich den Tagen Noahs ist mir diese Zeit . . .«

Die Noahgeschichte gehört zur Urgeschichte der Menschheit. Noah ist der Stammvater *aller* Menschen. Indem der Prophet an die Tage Noahs, an den Bund zur Erhaltung der Menschheit erinnert, hält er die Zusage, die Gott Israel schwört, auch für die Völker offen. Geschichte der Völker und Geschichte Israels bleiben so miteinander verbunden. Am Noah-Bund orientiert bewahren Israels Trost und Hoffnung im Keim die Hoffnung und den Trost der Völker.

Noah

Wer war Noah?

Ein Mensch, der Gnade vor dem Herrn gefunden hatte (1 Mose 6,8).

Gott hat ihn herausgegriffen aus der Masse der Verurteilten und sich seiner erbarmt. Um seinetwillen? Vielleicht. Aber vor allem der mit ihm neu anfangenden Menschheit wegen! Um der Rettung des Menschengeschlechts willen hat er ihn ersehen und in seinen Dienst gestellt. Wie weit ging die Gnade bei Noah?, fragen die Rabbinen und antworten bezeichnend – bis er zu unterscheiden wußte, welches Tier zu welcher Stunde bei Tag oder bei Nacht der Nahrung bedurfte. Gnade ist Erwählung zum *Dienst* an Gottes Rettungswerk. Harte Arbeit war, was Noah und seine Söhne Tag und Nacht in der Arche zu tun hatten, wie die jüdische Überlieferung nicht ohne Humor erzählt, daß sie am Ende froh gewesen sind, als die Wasser sanken und sie den Kasten wieder verlassen konnten.

Das Größte, was einem Menschen widerfahren kann, ist, daß er Gnade bei Gott gefunden hat. Diese Gnade genügt. Mehr oder anderes für sich zu wollen, wäre weniger. Der Apostel Paulus hat einmal mit Blick auf ein ihm arg zusetzendes Leiden – er nennt es »Dorn für das Fleisch«, »Engel Satans, der ihm ins Gesicht schlägt« – den Herrn dreimal gebeten, daß er von ihm ablassen möchte, und bekam die Antwort: »Meine Gnade ist genug für dich« (2 Kor. 12,7ff).

Das ist es, sich an seiner Gnade genügen lassen und dafür danken, was seine Gnade mir täglich schenkt.

Wer war Noah?

»Noah war ein gerechter, untadeliger Mann in seinen Zeiten (unter seinen Zeitgenossen); mit Gott wandelte er.« (1 Mose 6,9)

Gerecht wird genannt, wer bei dem, was er tut, nicht an eigenen

Jan Koblas
Noah – die letzte Arc
ist gegang
1958, Federzeichnun
kolorie

Interessen und Vorteilen orientiert ist, sondern Menschen und Verhältnissen mit Liebe begegnet. Nicht um eine Tugend oder Eigenschaft einer Person handelt es sich. Es geht um ein Geschehen in der Beziehung, um das angemessene Verhalten dem gegenüber, was uns umgibt, es sei Mensch, Tier oder Natur. Gerechtigkeit »geschieht«, ist also ein soziales Ereignis und verbindet sich daher vorzugsweise mit Ausdrücken der Tat.

Das andere Wort, mit dem Noah charakterisiert wird, lautet

untadelig, vollkommen, fromm. Buber übersetzt: »Noah war ein bewährter, *ganzer* Mann unter seinen Geschlechtern.« Das zugrunde liegende hebräische Wort ist besonders mit Worten wie »gehen« und »Weg« verbunden. »Herr, wer darf weilen auf dem heiligen Berg? Der untadelig wandelt und Gerechtigkeit übt . . .« (Psalm 15).

Daß Noah ein »gerechter« und »ganzer« Mann war, wurzelt in der Tatsache, daß er »mit Gott wandelte«. Die Charakterisierung Noahs erfolgt also mit Worten, die ihn auf dem Wege, in der Bewegung zeigen. Mit Gott auf dem Wege sein, das heißt für Noah, sich ganz bei Gott und seinem Wort festmachen und allein in der Gottesfurcht stehen. So und nicht anders ist er derjenige geworden, in welchem die zukunftslose Menschheit eine Zukunft gewann.

Erneut und immer wieder die Bitte, allein in der Gottesfurcht zu stehen. Denn mit ihr ist es möglich, der Menschenfurcht, in welcher Gestalt auch immer, zu widerstehen. Wie lange schon ist die Menschenfurcht unser Begleiter. Sie steckt tief in jedem Menschen, gibt sich nicht gerne zu erkennen und diktiert doch die meisten und wesentlichen Entscheidungen. Was sind die gewaltigen Rüstungen in allen Teilen der Welt denn anderes als unsere verzerrten, todbringenden Gesichter der Menschenfurcht. Es gibt nur einen Weg, die Menschenfurcht in uns und um uns zu entmachten – den Weg der Gottesfurcht. Dieser Weg fängt bei mir an, da, wo ich lebe, indem ich Gott ehrfürchte, Ihm allein die Ehre und Gewicht in meinem Leben gebe, also mit Ihm auf dem Wege bin.

Wer war Noah?

Noah war ein Mensch, der tat,
was Gott sagte (1 Mose 6,22; 7,5)

Eine biblische Geschichte ist nicht nur darin aufschlußreich, was sie beim Namen nennt und ausspricht. Sie ist es auch in dem, was sie bezeichnenderweise nicht sagt. So fällt auf, daß Noah in der Geschichte um Arche und Sintflut nicht ein einziges Wort sagt. Als Gott Noah aufträgt, eine Arche zu bauen, fragt er nicht nach dem Warum. Er berät sich auch nicht mit anderen Menschen. Er bleibt stumm. Deutlich wird damit, wie alle Bewegung in dieser Rettungsgeschichte von Gott ausgeht. Von Noah heißt es immer nur, daß er tat, was Gott sagte. Nichts hatte er in Händen, keinen Beweis, keine Sicherheit. Nur daß da Gottes Wort war, eine Stimme, die sagte: Bau eine Arche! Daß ihm das Wort allein genügte, ist um so staunenswerter, als Noah im Umgang mit seinen Zeitgenossen erfahren mußte, wie verletzbar und verwundbar das Wort war. Man konnte es verlachen, verspotten und unbeachtet lassen. Aber dieser Mann zeigte sich ganz offensichtlich unbeeindruckt von all dem klugen und törichten Gerede des Zeitgeistes und hielt, auch gegen den Strom schwimmend, an dem Wort Gottes fest und baute die Arche.

Nicht nur mit widersprechenden Stimmen um ihn herum, auch mit widerstreitenden Stimmen in ihm wird Noah es zu tun gehabt haben. Hätte er nicht befürchten können, am Ende dem Gespött und der Lächerlichkeit preisgegeben zu sein, wenn sich die von ihm gebaute Arche als überflüssig erwiese, weil gar keine Sintflut kommt? Was, wenn Gott nicht zu seinem Wort steht? Daß Noah all seinen eigenen möglichen Ängsten, Befürchtungen und Zweifeln zum Trotz das Wort Gottes noch höher schätzte und ihm rückhaltlos auch gegen den Augenschein vertraute, das unterschied ihn von seinen Zeitgenossen. Noah tat ganz einfach, was Gott sagte.

Welche Kraft darin liegt, allein auf Gottes Wort hin zu tun, was ich tue. Nach *Seiner* Weisung schauen und fragen, ob das, was ich vorhabe und tue, Seinem Willen entspricht.

Wer war Noah?

Noah war der Vater von drei Söhnen,
Sem, Ham und Japhet. (1 Mose 6,10)

Die Söhne gehörten mit zu den in der Arche Geretteten, haben also schon vor der Sintflut in ihrer Verschiedenheit dagestanden, von Gott mit hinüber gerettet. Das bedeutet: Gott hat die Verschiedenheit der Menschen und Völker gewollt. Sie ist von der Wiege der Menschheit an mitgesetzt. Daß wir Menschen verschieden sind, sollten wir also nicht beklagen, sondern begrüßen. Unsere Verschiedenheit ist kein Hindernis, dem Menschen ein Mensch und Bruder zu sein. Was immer wir an Unterschieden aneinander entdecken – unter Menschen und Völkern – wir haben keinen Grund, unsere Geschwisterschaft zu leugnen. Alle Völker haben einen gemeinsamen Ursprung, einen gemeinsamen Vater: Noah.

Die Menschheit gleicht einem weitverzweigten Baum. Wo Äste oder Zweige, wo die Nachgeborenen ihre gemeinsame Wurzel vergessen, liegt man im Streit, da werden Kriege gegeneinander geführt. Einmal entdecken, wie heilsam und friedenstiftend eine lebendige Erinnerung daran ist, daß Menschen und Völker einen gemeinsamen Vater haben, einen menschlichen in Noah und einen himmlischen in dem Schöpfer Himmels und der Erde; und anfangen, aus dieser gemeinsamen Wurzel zu leben.

Wer war Noah?

Einer, der sich eine Blöße gab. »Noah, der Landmann, war der erste, der Weinreben pflanzte.« (1 Mose 9,20)

Wenn Noah Weinreben pflanzte nach der Sintflut, dann war es offenkundig: Die Erde ist wieder gesegnet. Da ist Korn, denn Noah war Landmann. Da ist Öl, das die Taube in Gestalt des Ölblattes brachte. Und da ist Wein. Korn, Öl und Wein gehören zusammen und stehen für Fruchtbarkeit und Segen der Erde. Als die Erde nach ihrem chaotischen Zustand wieder Wein hervorbrachte, war Noah offensichtlich ganz außer sich vor Freude: »Und da er von dem Weine trank, ward er berauscht und lag entblößt im Innern seines Zeltes.« (1 Mose 9,21)

Hier wird etwas von Noah erzählt, das diesem Mann Gottes nicht schmeichelt, was zu unseren Bildern und Vorstellungen von ihm nicht zu passen scheint. Eine peinliche Entgleisung, die sich der Vater der neuen Menschheit da geleistet hat? An dieser Geschichte wird ein Zug deutlich, der für die Schrift insgesamt kennzeichnend ist. Sie beschönigt nichts. Sie zeigt den Menschen, wie er ist – also gerade auch mit seinen Schwächen und menschlichen Untiefen. Noah ist in biblischer Sicht kein religiöser Übermensch, kein frommer Held, der jenseits von Gut und Böse schwebt. Er steht auf der Erde, mit beiden Füßen. Auch darin ganz ein »Mann der Erde«. Daß die biblische Geschichte diese »Blöße« nicht verschweigt, macht sie so lebensnah, blutvoll und menschlich.

Eigentümlich, was nun erzählt wird:

> »Als nun Ham, der Vater Kanaans, seines Vaters Blöße sah, sagte er es seinen Brüdern draußen. Da nahmen Sem und Japhet das Gewand, legten es auf ihre Schultern und gingen rückwärts hinzu und bedeckten ihres Vaters Blöße, indem ihr Angesicht rückwärts gewendet war, so daß sie ihres Vaters Blöße nicht sahen.« (1 Mose 9,22.23)

Wie gehen wir Menschen, Väter und Söhne, eigentlich mit unseren Schwächen, mit unseren Blößen um? Diese Episode aus der Kinderstube der heutigen Menschheit schildert das unterschiedliche Verhalten der Söhne dem entblößten Vater gegenüber. Ham stellt die Schwäche des Vaters zur Schau, indem er sie weitererzählt. Die beiden anderen Söhne, Sem und Japhet, bedecken die Blöße des Vaters.

Jan Olav Hinz hat den Versuch gemacht, die Geschichte vom trunkenen Noah und seinen drei Söhnen räumlich zu interpretieren. Die Personen sind auf pfahlartige Hölzer reduziert und in einer Figurengruppe einander so zugeordnet, daß der Vater von seinen Söhnen Sem und Japhet gestützt und getragen wird, während Ham abseits steht.

Mit bildhauerischen Mitteln ist hier sinnfällig gemacht, daß die »nackte« Wahrheit über einen Menschen niemals die ganze

Wahrheit ist. Zu ihr gehören Mühe, Geduld und Bereitschaft, sich und andere auch mit den Schwächen und Blößen anzunehmen und zu tragen. Es ist das Gegenteil von Ausziehen und Bloßstellen.

Hat Noah durch seine »Blöße« eine Einbuße an Autorität erlitten?

Biblische Menschen gewinnen nicht deshalb an Autorität, weil sie unfehlbar sind. Sie sind es ja gerade nicht. Dafür ist nicht nur Noah ein Beispiel, auch David und Petrus. Bezeichnenderweise hat diese Blöße Noahs seiner Wirkung auf spätere Generationen keinen Abbruch getan. Er gehört zu den Gestalten aus der Urgeschichte, deren Namen in der späteren biblischen Überlieferung wiederkehren. Noah hatte Autorität, weil ihm Gottes Wort, die Stimme, Autorität war. Auch wir, das wird am Beispiel der biblischen Menschen deutlich, werden im Raum der Kirche, als Christen, nur soviel Autorität *haben*, wie uns die Schrift, Gottes Wort, Autorität *ist*.

in Olaf Hinz
er trunkene Noah und
ine Söhne
84, Holz

Was wir besiegen, ist das Kleine,
Und der Erfolg selbst macht uns klein.
Das Ewige und Ungemeine
Will nicht von uns geborgen sein.
Das ist der Engel, der den Ringern
Des Alten Testaments erschien:
Wenn seiner Widersacher Sehnen
Im Kampfe sich metallen dehnen,
Fühlt er sie unter seinen Fingern
Wie Saiten tiefer Melodien.

Wen dieser Engel überwand,
Welcher so oft auf Kampf verzichtet,
Der geht gerecht und aufgerichtet
Und groß aus jener harten Hand,
Die sich, wie formend, an ihn schmiegte.
Die Siege laden ihn nicht ein.
Sein Wachstum ist: Der Tiefbesiegte
von immer Größerem zu sein.

(R. M. Rilke)

QUELLEN zur rabbinischen Überlieferung der Noahgeschichte: Midrasch Bereschit Rabba, in: Bibliotheca Rabbinica Bd. I, Georg Olms, 1967. Die Sagen der Juden, hrsg. von Emanuel Bin Gorion, Insel Vlg. 1962. Jüdische Märchen, hrsg. von Israel Zwi Kanner, Fischer-T. 1759, 1976. Jakob J. Petuchowski, Wie unsere Meister die Schrift erklären, Herder 1982.

BILDER: Seite 63, B. Speck, Kirchenarchiv Hallig Hooge; alle anderen vom Verfasser.

Susanne Hillmann